閱讀123

國家圖書館出版品預行編目資料

點子屋新開張！／哲也 文；水腦 圖
-- 第二版. -- 臺北市：親子天下, 2019.08
138 面； 14.8x21公分. --（閱讀123）
ISBN 978-957-503-467-2（平裝）
863.59　108011245

閱讀 123 系列 —— 058

小熊兄妹的點子屋 1

點子屋新開張！

作者｜哲也
繪者｜水腦
責任編輯｜黃雅妮
美術設計｜林家蓁
行銷企劃｜王予農、林思妤

天下雜誌群創辦人｜殷允芃
董事長兼執行長｜何琦瑜
媒體暨產品事業群
總經理｜游玉雪
副總經理｜林彥傑
總編輯｜林欣靜
行銷總監｜林育菁
副總監｜蔡忠琦
版權主任｜何晨瑋、黃微真

出版者｜親子天下股份有限公司
地址｜台北市 104 建國北路一段 96 號 4 樓
電話｜（02）2509-2800　傳真｜（02）2509-2462
網址｜ www.parenting.com.tw
讀者服務專線｜（02）2662-0332　週一～週五：09:00~17:30
讀者服務傳真｜（02）2662-6048
客服信箱｜ parenting@cw.com.tw
法律顧問｜台英國際商務法律事務所・羅明通律師
製版印刷｜中原造像股份有限公司
總經銷｜大和圖書有限公司　電話：（02）8990-2588

出版日期｜ 2015 年 6 月第一版第一次印行
2024 年 7 月第二版第十七次印行
定價｜ 260 元
書號｜ BKKCD136P
ISBN ｜ 978-957-503-467-2（平裝）

小熊兄妹的點子屋 1

點子屋新開張！

文 哲也　圖 水腦

目錄

Mr Bread

角色登場

熊爸爸

小熊星球上的圖書館館長，
喜歡喝黑咖啡，一天要喝八杯。
本來是一隻白熊。

熊媽媽

很容易擔心這擔心那，
一擔心就吃很多甜點。
本來很瘦。

小熊妹妹

從小喜歡窩在爸爸的圖書館角落一邊讀書，一邊吃餅乾。得過全球小熊盃作文比賽冠軍、機智問答冠軍、成語接龍、猜燈謎、對聯比賽冠軍……。最討厭鄰居常常跑來家裡問：「天才妹妹最近又得了什麼冠軍呀？」

小熊哥哥

大胃王比賽冠軍。其他就沒有什麼值得介紹的了。

1. 奇怪的好學生飛碟

小熊哥哥10歲生日那一天，高興得像小狗一樣跳來跳去。

「10歲了！10歲了！我可以開飛碟了！」

沒錯，依照小熊星球的法律規定，8歲可以穿噴射輪鞋，9歲可以溜飛行滑板，10歲就可以自己駕駛小型飛碟了。

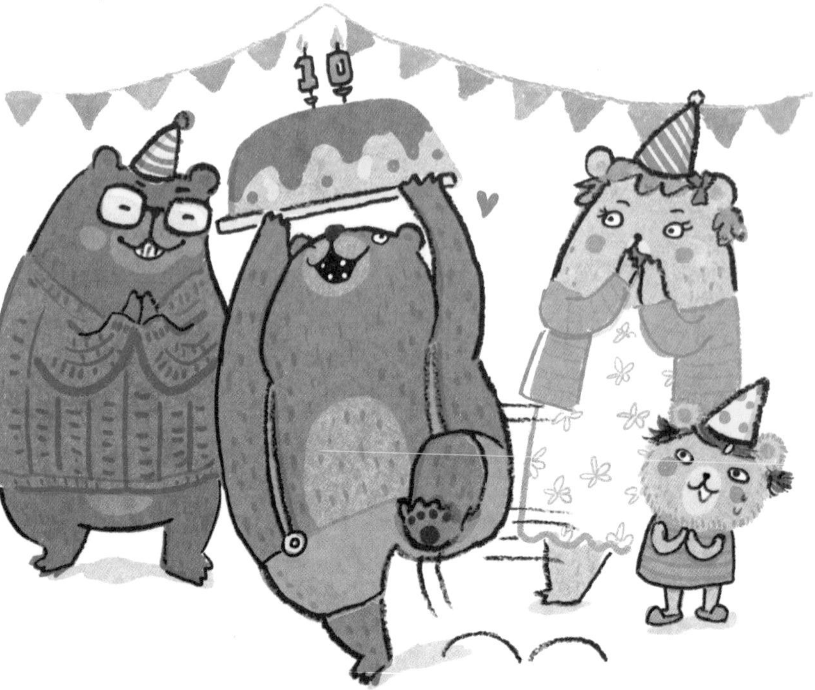

哥哥
8歲
哥哥9歲
飛行滑板執照
Name 小熊哥哥
No. 100309
OK
小熊星球交通部核准
10歲!
UFO

「恭喜你！」爸爸把飛碟的鑰匙放在他的手掌上。

「飛碟的操作說明書你都仔細看過了吧？」

「看過了！看過了！」小熊哥哥喊。

「這話應該是我說的吧？」小熊妹妹在旁邊一邊梳頭髮，心裡一邊想。

「飛到最近的果醬星球，你應該沒問題吧？」爸爸又問。

「沒問題！沒問題！」小熊哥哥喊。

「這話應該是我說的吧？」小熊妹妹在旁邊一邊穿鞋子，心裡一邊想。

「太好了！」爸爸拍拍小熊哥哥的肩膀。

「那你今天就跟在爸爸的飛碟後面慢慢飛，只要能夠順利飛到果醬星球，爸爸就送你一個大禮物。」

「什麼禮物？」

「泡在果醬桶裡吃蛋糕！」

「萬歲！」小熊哥哥歡呼著衝出門去。

「我一定會好好飛的！」

「這話應該是我說的吧？」妹妹背起她的小背包，心裡一邊想。

爸爸新買的小飛碟就停在院子裡，圓盤上的小燈一閃一閃，好漂亮。

小熊哥哥歡呼著跳上飛碟，掀開玻璃罩，跳進駕駛艙。

「妹！快點告訴我，要怎麼起飛？」哥哥回頭說。

但是妹妹還站在飛碟下面，爬不上來。

「你怎麼了？」哥哥探頭往下看。

「飛碟太高了。」

「是你太矮了。」

「喂，我才六歲！」妹妹說：「快把升降梯放下來。」

「怎麼放？」

「你真的一點都沒看說明書嗎？」妹妹皺起眉頭。

「我們不是說好了嗎？」哥哥笑著說：「你比較聰明，你看懂說明書以後，再教我怎麼駕駛就好啦，我又不擅長看書。」

「那你擅長什麼？」

「吃東西啊。」

「真是的。」妹妹嘆了一口氣，說：「先把飛碟啟動再說吧。」

「怎麼啟動？」

「這是用聲音控制的飛碟，向它打聲招呼，就會啟動了。」

「呼嚕，呼嚕。」

「我是說打招呼，不是打呼。」

「什麼叫打招呼？」哥哥歪著頭問。

「你走在路上看到朋友的時候會說什麼？」

「吃飯了沒？」

「我是說，除了吃以外的。」妹妹說。

「我懂了。哈囉！」

叮！儀表板亮了起來！

「呵呵呵！」飛碟的聲音好宏亮。「小熊您好！歡迎駕駛本公司的『好學生飛碟』，這是你爸爸為了讓你變成好學生特別挑選的喔！本飛碟的電腦裡有各式各樣的學習課程，一邊飛，一邊學，就算再笨的小熊都會變成好學生喔！」

「你說誰笨哪？」小熊哥哥皺起眉頭。

「那我們就來看看今天要學的是什麼呢？恭喜你，是成語！從現在開始，請用成語操縱飛碟。」

「誰要學成語啊？」小熊哥哥說：「你先把梯子放下去，讓我妹妹上來再說吧。」

「啟動升降梯？易如反掌，只要說一句和梯子有關的成語就行了。」

「哎，算了。」

小熊哥哥跳下飛碟，背起妹妹，重新爬回駕駛艙。

「這臺飛碟太麻煩了，我們叫爸爸換一臺吧！」哥哥抱怨說。

「爸媽的飛碟早就升空了。」妹妹指了指天空，果然，爸媽的飛碟已經在半空中慢慢往前飛去。

「你再不快點起飛，你的果醬和蛋糕也都要飛了。」

「什麼！」小熊哥哥大吃一驚。

「爸媽可不會等你太久喔，你如果沒有跟上，表示你根本不會開飛碟，那你的生日禮物就要泡湯了。」

「那怎麼行？」小熊哥哥大喊：「飛碟，快飛起來！」

「沒問題！」飛碟回答：「你要飛多高？請說一句和高度

有關的成語，我就會飛起來了。」

「哪有這種成語啊？」哥哥抱著頭大叫。

「這種成語很多啊。」妹妹笑著說。「我來幫你駕駛好了！」

「才不要！這是我的飛碟。」

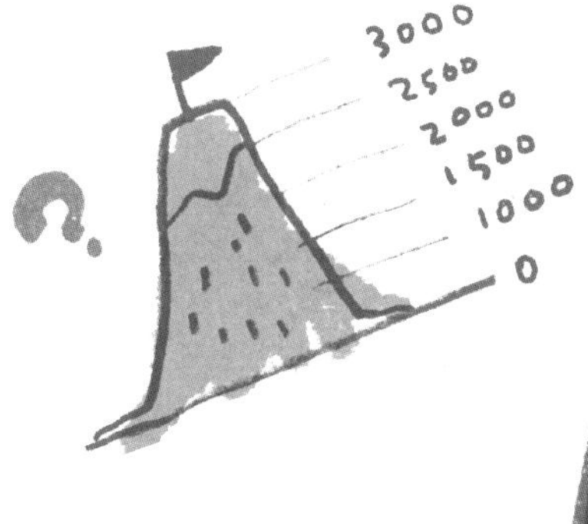

「好，那我教你，你想飛多高，就說一句那個高度的成語就好，看是要高人一等，還是高不可攀、高高在上、高不勝寒、高聳入雲……。」

「那就……，高人一等吧！」哥哥下令。

咻！飛碟浮了起來，高度剛好比一個人高一點。

「太低了啦。」哥哥喊：「高不可攀！」

飛碟又往上升高一點點，剛好到一個人踮起腳尖也摸不到的高度。

「再高一點！再高一點！高聳入雲！」

咻！飛碟一下子高高的上升到白茫茫的雲裡。

「這樣什麼都看不到了啦！」哥哥喊：

「快往前飛！」

「遵命！請問要用什麼速度前進？」飛碟回答。

「快點前進！」

「咳。」飛碟咳嗽了一聲。「這又不是成語。」

小熊哥哥全身無力的趴在駕駛臺上。

「妹，有什麼成語可以用？」

「速度的成語嘛……」妹妹咬著下嘴脣想：「看你是要緩步當車、健步如飛、動如脫兔、快馬加鞭、追風趕月、一日千里，還是快如閃電？」

「你真是我的天才妹妹！」哥哥眼睛亮了起來。

「當然是越快越好！快快快，快如閃電！」

咻！

飛碟像一道閃電似的射了出去。

爸爸媽媽張大了嘴巴，坐在他們的飛碟裡，看著小熊兄妹的飛碟掠過他們身邊，一眨眼就飛到遠方，變成一個光點，消失在外太空。

「他們這是急著要去哪裡？」爸爸呆住了。

「你買給他的到底是什麼飛碟？」媽媽也傻了。

「好學生飛碟啊。」爸爸喃喃的說。

2. 雪地裡的發光城市

不知道快如閃電的飛了多久，好學生飛碟終於停了下來。

駕駛艙裡，摔得東倒西歪的小熊兄妹爬了起來。

「這是什麼地方？」小熊哥哥臉貼在玻璃窗上，看著窗外的一顆藍色星球。

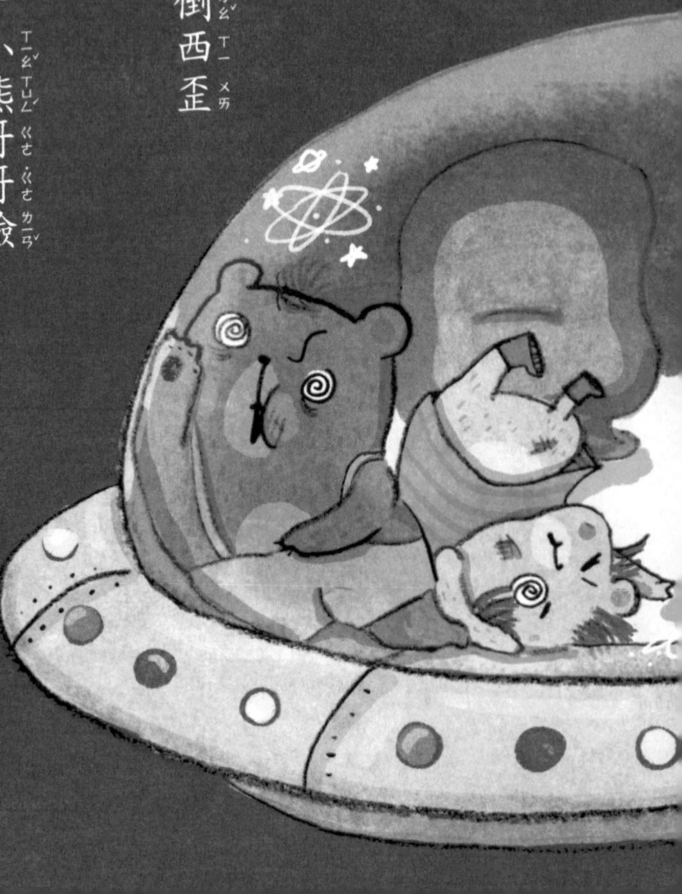

「我們迷路了！」小熊妹妹都快哭了。「怎麼會這樣？」

「因為我快沒油了，」飛碟回答：「只好停在這裡，套句成語來說就是：在此戛然而止，暫停片刻。」

「這麼快就沒油了？」

「你爸只加了飛到果醬星球的油量。」飛碟說：「誰曉得你這個完全不會用成語的傻孩子，會把飛碟飛這麼遠，套句成語來說就是：真是始料未及啊！」

「那現在怎麼辦？我們停在這裡，爸爸找得到我們嗎？」

「那是大海撈針啊。」

「拜託你別再說成語了！」哥哥大叫：「妹妹，怎麼辦？」

「只好先降落到那顆星球上去加油了。」妹妹指著窗外那顆藍色星球。

「飛碟先生，請降落。」哥哥說。

「好的，」飛碟回答：「請問你要用哪一種方式降落？是要乾淨俐落的降落呢？還是要七零八落的降落？」

「什麼叫七零八落的降落？」

「就是降落以後會摔得七零八落。」

「那當然是乾淨俐落的降落！」

咻！飛碟穿過柔軟的白雲，砰！乾淨俐落的降落在地面上。

小熊哥哥和小熊妹妹掀開玻璃罩，雪花飄落到他們鼻頭上。

「呦，外頭正是大雪紛飛呢！」飛碟說。

「不要再說成語了！」

小熊哥哥牽著妹妹爬出駕駛艙，砰的一聲，把玻璃罩蓋上。

「別讓我一個人留在這兒孤苦無依……。」飛碟哭喊著。

兄妹倆跳下飛碟，走進雪地裡。

走哇走，走哇走，兩隻小熊在雪地裡留下一排小腳印。

「哥，你看！」妹妹指著前面說：「有光！」

哥哥蹲下來，讓妹妹騎在肩膀上，然後往遠方一片閃爍的燈光跑過去。

燈光越來越亮、越來越亮，哇！是一座美麗的城市。

小熊兄妹手牽手，慢慢走進城裡。

噹！噹！噹！電車沿著軌道繞過他們身旁。

「你們看！兩隻北極熊！」電車上的人指著他們喊。

噗！噗！噗！孩子們在路邊互相丟雪球玩。

「你們看！兩隻北極熊！」小孩也指著他們喊。

站在路邊看著美麗櫥窗的大人，也紛紛回頭。

「你們看！兩隻北極熊！」

「我們不是北極熊啦！」小熊兄妹把披滿全身的白雪抖掉。

「我們只是兩隻可愛的小熊。」小熊哥哥說。

「小熊？」有個孩子跑到小熊哥哥身邊。

「你比我還高呢！」

「這隻小熊倒是很可愛。」大家把小熊妹妹團團圍住，像摸小狗一樣的摸她毛茸茸的頭。

「放開我！我們可是從小熊星球飛來的外星人喔，」

小熊妹妹喊：「很可怕的喔！」

「哪裡可怕？」大家都歪頭看著她。

小熊妹妹張開小爪子，做出齜牙咧嘴的表情。

「啊，好可愛！」大家又圍過來摸她的頭。

「哥！救我！」小熊妹妹喊。小熊哥哥撥開人群，把妹妹放在肩膀上，拔腿就跑，轉過街角的時候，緊急煞車，差點踩到一隻動物。

低頭一看，是一隻毛茸茸的東西。

「這裡也有一隻熊！」兄妹倆齊聲喊。

「我不是熊啦。」那個毛茸茸的東西抬起頭說：

「我是狗。」

「是狗啊？」小熊妹

妹從哥哥肩膀上跳下來。「我們小熊星球上沒有狗，我以前只有在課本上讀過，沒想到世界上真的有狗！」

「小熊星球？」

毛茸茸的大狗問。

「嗯，在很遠的地方，我們迷路了，可以去你家借住一個晚上嗎？」

大狗低下頭。

「我家也在很遠的地方。」

他說。

「原來你也迷路了。」小熊哥哥說。

「才不是！」大狗抬頭說：

「我是在這裡等我主人。」

「你主人去哪裡了？」

「我也不知道。」大狗又低下頭：「那天早上他在家裡找來找去，好不容易找出幾個銅板，到加油站加了油，然後開很久的車到這裡，到了之後叫我下車，就開走了。我想他一定是有很重要的事情要忙，要我在這裡等他。」

「你等多久了？」

「三天了。」

小熊妹妹頭也低了下去。

「等一下，」小熊哥哥大叫起來：「你的意思是說，加油要錢啊？」

「當然啊。」

小熊兄妹互相看了一

眼，摸摸口袋。

口袋裡只有幾顆彈珠。

「要怎麼樣才會有錢？」

小熊哥哥問。

「去工作就會有錢了。」

大狗說，「人類都是去工作賺錢的，只要你能夠幫別人做他需要的事情，就會有錢了。」

「這麼簡單？」小熊哥哥好高興，牽起妹妹的手。

「那我們去找工作了，謝謝你！」

3. 郵筒旁的年輕木匠

街上的櫥窗閃閃亮亮，
小熊兄妹手牽手往前走。
路上的招牌閃閃亮亮，
小熊兄妹手牽手往前走。
一位年輕人站在路邊的郵筒旁，臉頰上的淚珠也閃閃亮亮，
小熊兄妹手牽手走到他身旁。

「嗨！你怎麼了？」

小熊哥哥拍拍他的肩膀。

「我……，我想寄信。」

「寄信？把信投進郵筒就行啦！」

「可是我的信還是空白的。」年輕人指了指他手上的明信片。「我不知道怎麼寫，明信片這麼小一張，我對家人的想念，卻是十張信紙也寫不完，連做夢都會想到他們……。」

「那就不要寫啦。」小熊哥哥笑著說：「直接回家去和家人吃飯吧！」

「不行，我家在很遠的地方，我必須留在這裡工作賺錢，家人才有飯吃。」

「你做的是什麼工作？」

「我是一個木匠。」

「我幫你想想看喔……，」小熊妹妹托著下巴。

「卡片這麼小張，想寫的卻很多，那只好用成語了。

成語字數少，意思卻很多。有什麼成語可以用呢？嗯……。」

小熊妹妹繞著郵筒走了一圈又一圈。

「有了！我唸給你聽。」小熊妹妹把手背在背後，一個字一個字唸：

思親之情，
一言難盡，
紙短情長，
魂牽夢縈。

年輕木匠的眼睛亮了起來。

「你怎麼……，這麼厲害？」

「這沒什麼。」小熊哥哥拍拍他肩膀。「我妹是小熊星球上出了名的小天才。」

年輕木匠拿筆把字抄到卡片上，寫完以後，卡片上還有點空位，他在空白的地方又寫上名字，畫了一顆心。

「這樣我的家人就知道我的心情了。」他笑著對小熊妹妹說：「謝謝你，你幫了我的忙，我應該要報答你，可是我沒有什麼錢……，我只有這條麵包，送給你們！」

年輕木匠拿出一條裝在紙袋裡的長麵包。

「這交給我就行了！」小熊哥哥一手抓起麵包，一手抱起妹妹，一邊歡呼，一邊往回跑。

「我們成功了！我們成功了！」

小熊哥哥跑回那隻等主人回來的毛茸茸大狗身旁。

「你看！這是我們賺來的！」小熊哥哥把麵包拿給大狗看。

「這是麵包，又不是錢。」大狗說。

「沒錯，但是不知道為什麼，我看到麵包比看到錢還高興。」小熊哥哥坐了下來。

「因為你餓了啊，笨哥哥。」

小熊妹妹把麵包撕成三份，把最大的一份給哥哥，第二份給大狗。

「你應該也很餓吧？」

大狗看看麵包，又看看主人消失的路口，又看看麵包。

「我主人應該就快回來了，到時候他就會餵我了。」他說：「可是我現在先吃一點，應該也沒關係吧。」

於是小熊兄妹和大狗坐在街邊，高高興興的合吃一條麵包。

「你叫什麼名字？」小熊妹妹問。

「咖哩。」大狗說，「咖哩飯的咖哩。」

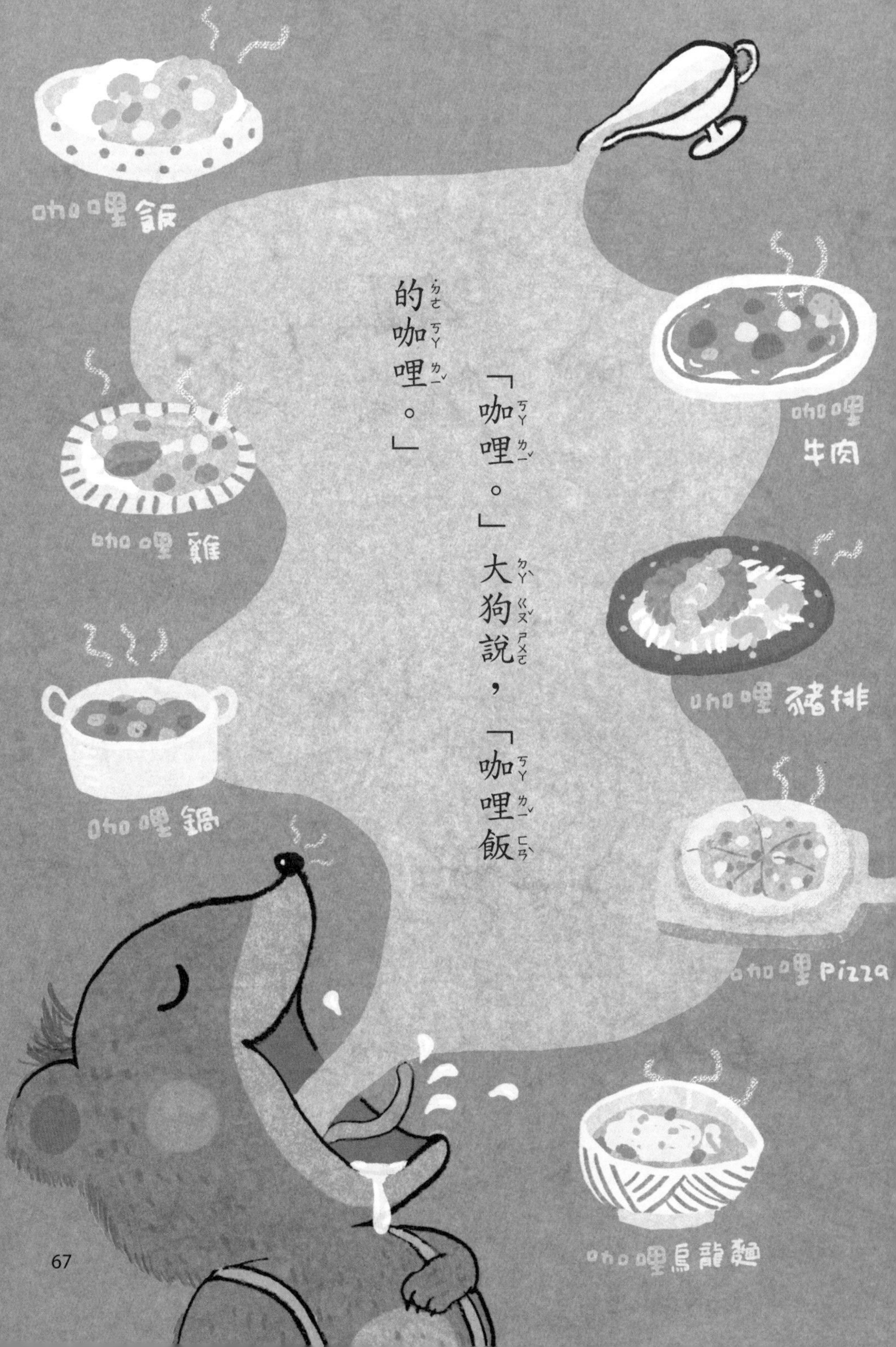

小熊哥哥一聽，口水差點流下來，趕緊把剩下的麵包都塞進肚子裡。

「好了，我們再去找工作吧！」小熊哥哥站起來，「這次一定要賺到錢，加滿油，飛回小熊星球，好好吃一頓大餐！」

4. 聲音像巧克力的老人

雪停了，路燈亮了。

廣場上，響起叮叮咚咚的好聽聲音。

「是吉他！」喜歡音樂的小熊妹妹拉著哥哥，跑到城中央的廣場上。

廣場上鋪著一層薄薄雪花，晶晶亮亮好漂亮。

廣場中央，小板凳上，一個老人彈著吉他，唱了起來，聲音聽起來像是一杯溫暖的熱巧克力，很好聽。但是卻沒有人願意停下腳步，聽他唱歌，除了小熊兄妹以外。

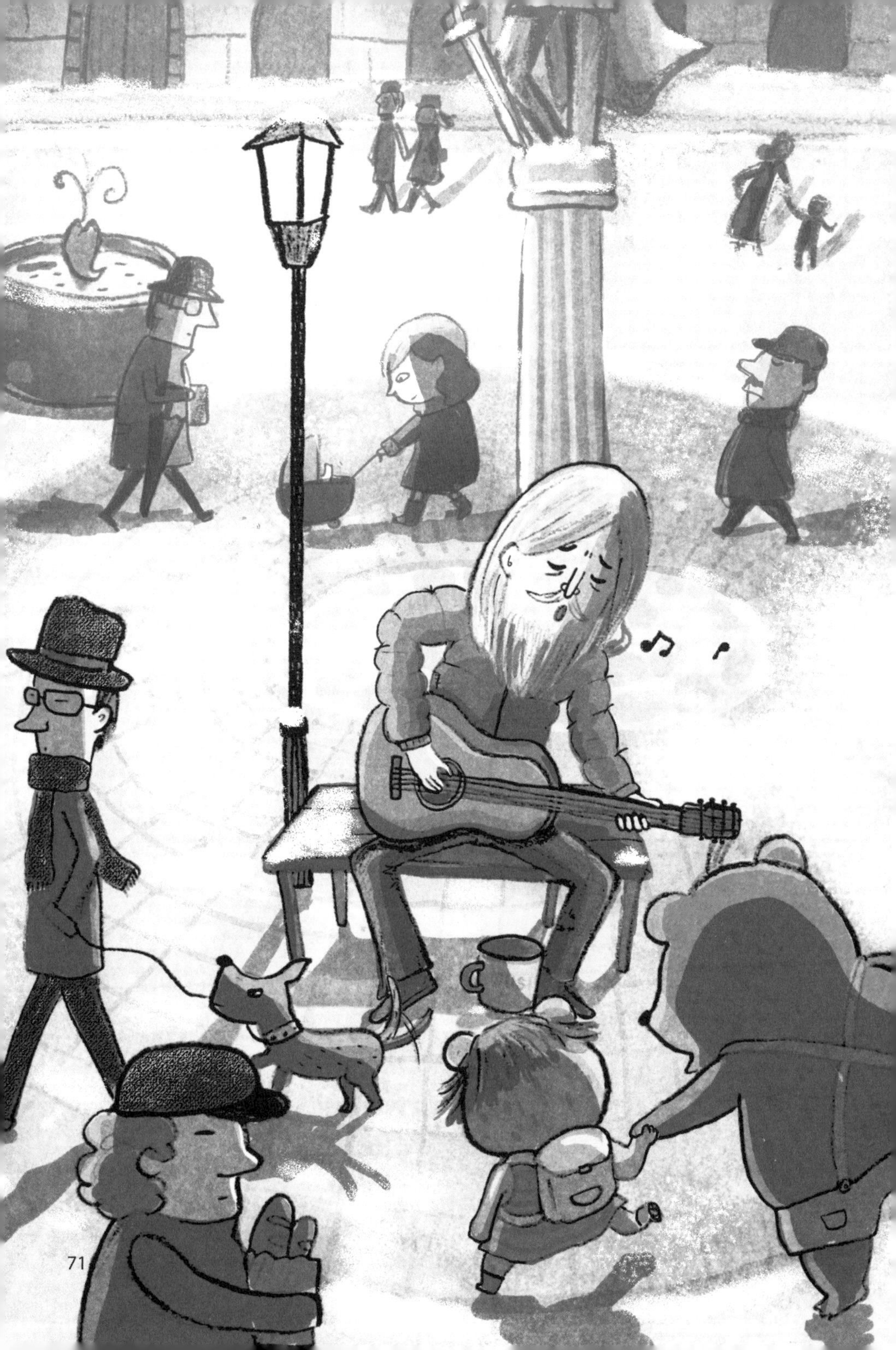

「他在唱什麼？」小熊哥哥問。

「我也聽不懂。」小熊妹妹聳聳肩。

老人唱著：

啦啦啦，啦啦啦啦，

啦啦啦啦，啦啦啦。

啦啦啦，啦啦啦啦，

啦啦啦啦，啦啦啦。

啦啦啦啦，啦啦啦啦，

啦啦啦啦，啦啦啦啦，
啦啦啦，啦啦啦。

唱完以後，老人寂寞的坐下來，低頭看看腳邊的小水杯。杯子裡還是空的，一個銅板也沒有。

「老爺爺，你的聲音好好聽喔。」小熊妹妹蹲在他的腳邊說。

「真的嗎？你真會安慰人。」老人搖搖頭說。

「是真的，如果你唱的歌有歌詞的話，一定會吸引很多人來聽的。」

「歌詞？可是我只會唱歌，不會寫歌詞。」

「那我想想看，能不能幫你。」小熊妹妹說：「你可以坐過去一點嗎？我們擠一擠。」

小熊妹妹和老人擠在同一張板凳上，她看看廣場上的雪花，看看天空，看看老人臉上的皺紋，低頭想啊想，然後在老人耳朵旁邊，把想到的歌詞悄悄告訴他。

老人眼睛亮了起來。

然後他撥了撥吉他，試了試和弦，再一次唱了起來。

我的心，像是雪花，晶瑩剔透，在發光，
你的心，像是天空，廣大無邊，任飛翔。
來聽我唱，來我身旁，心心相印，光彩燦爛。
像這樣，就這樣。

老爺爺唱了三遍，唱完的時候，聽到掌聲，抬起頭，
才發現身邊圍了這麼多人。

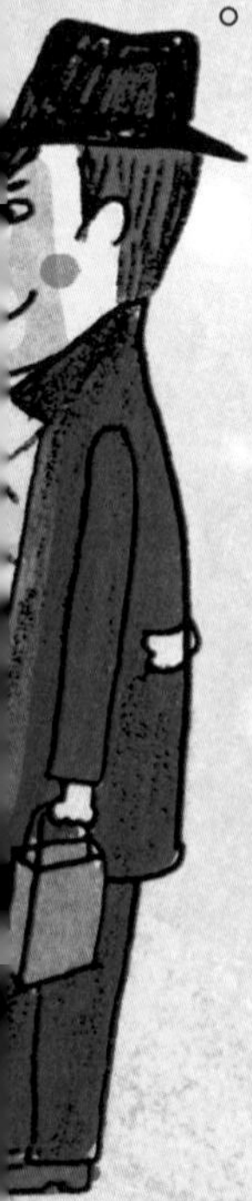

老爺爺笑了起來，覺得心裡暖暖的。

聽完歌的路人心裡也暖暖的。

兩隻小熊心裡也暖暖的。

老爺爺的空杯子裡，響起叮噹叮噹的聲音。

「哇！」老爺爺張大眼睛，從杯子裡拎出一枚金幣。「謝謝你！這是你的。」他把金幣放在小熊妹妹手掌上，兩人擁抱了一下。

小熊哥哥歡呼了起來。

「我們賺到錢了！」他背起小熊妹妹，往回一邊跑，一邊跳。「可以回家了！」

經過路邊的郵筒旁，他緊急煞車。

「你怎麼還在這裡？」小熊哥哥低頭。

剛剛寄信的年輕木匠坐在路邊，抬起頭勉強笑一下。

「剛剛太高興了，所以有點頭昏，在這裡休息一下。」他說。

「我懂了，」小熊妹妹說：「你一定是餓壞了，剛剛那條麵包其實是你的晚餐吧？」

年輕人沒說話。

小熊妹妹從哥哥背上跳下來。

「給你。」小熊妹妹把金幣塞進他手心，然後跳回哥哥背上。

「哥，快跑！」

在年輕的木匠還來不及說任何話以前，兩隻小熊已經跑過街角，消失得無影無蹤。

5. 麵包店外的星光燦爛

「好不容易賺了錢……。」小熊哥哥邊走邊說：「你不會心疼嗎？」

「沒辦法，他比我們需要錢。」小熊妹妹拉著他的手。

「好吧，反正錢再賺就有啦，還不容易？」

「喂，我很辛苦耶！」

小熊妹妹瞪了他一眼。「那這次換你試試看。」

「好，看我的！」

砰，小熊哥哥推開麵包店的門。

「啊！好香！」小熊哥哥鼻子抬得好高。

「歡迎光臨！」櫃臺後面的老闆說。

「請問你有工作可以給我做嗎？」

「你會做什麼？」老闆抬起頭。

「我很會吃。」小熊哥哥指著麵包說。

「我的意思是說，你有什麼專長？」

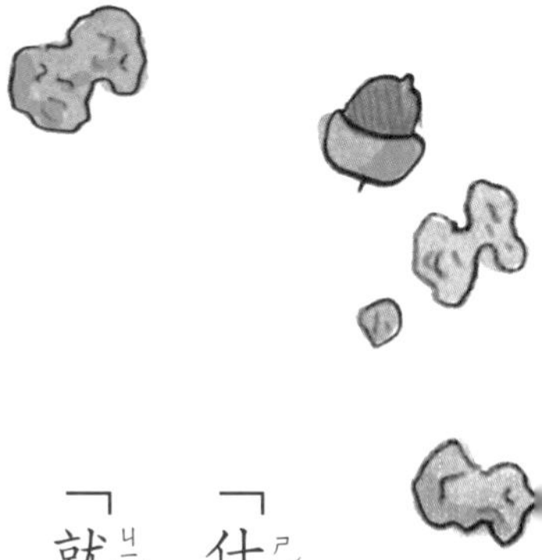

「什麼叫專長？」

「就是說，你有沒有什麼厲害的地方？」

「厲害？我的牙齒很厲害，可以咬破核桃喔！」

「那也算是專長啦。但是我不需要你的牙齒幫忙，我現在比較需要的是腦袋。」

「腦袋嗎？我的腦袋也不錯喔，你看！」

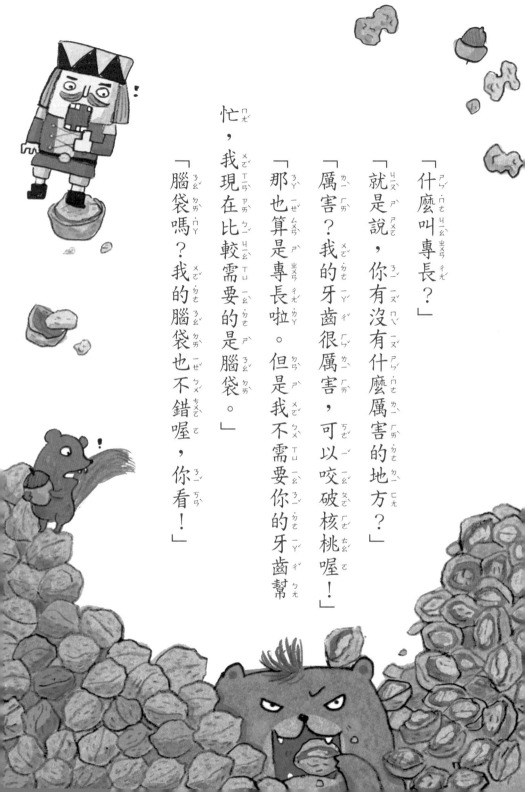

小熊看到馬路邊有一顆皮球，就跑去撿來，頂在頭上。

「我可以頂很久，都不會掉下來。」

老闆搖搖頭。「我看你是幫不上我的忙。」

小熊妹妹從櫃臺下面探出頭來。

「你希望我們幫你什麼呢？」

「哈，可愛的小熊，你會什麼？」

「我很會幫別人想句子。」

「想句子？什麼意思？」

「我幫別人寫過信，也幫別人寫過歌詞。」

「喔，工作經驗挺多的嘛！那你來得正好，我正在傷腦筋呢！」

老闆從廚房裡端出一個好漂亮的大蛋糕。

「明天就是國王的生日了，皇后今天親自出宮來挑選蛋糕，全城的麵包店都使出了

渾身解數，希望自己的蛋糕能夠被皇后選上。」

「皇后不就要一家一家試吃？」小熊哥哥說：「太辛苦了！我這就去幫她！」

小熊妹妹把哥哥拉回來。

「如果只要好吃就會當選的話，你就不需要我們幫忙了吧？」妹妹說。

「沒錯！真聰明！」老闆說；「問題就出在皇后自己根本不吃蛋糕，她討厭死吃蛋糕了！所以她挑選蛋糕只看蛋糕漂不漂亮，蛋糕的名字響不響亮，還有廣告吸不吸引她。」

「廣告？」

「沒錯！每個廚師都要現場表演一分鐘的廣告，推銷自己的蛋糕。皇后現在正在隔壁街的糕餅鋪看表演呢，馬上就要大駕光臨本店了，可是我還想不出這個蛋糕要叫什麼名字，還有怎麼介紹這個蛋糕……。」

麵包店老闆愁眉苦臉看著他的大蛋糕。

「我知道這種心情，就像是暑假最後一天，還沒寫暑假作業一樣。」小熊哥哥說。

「那你有辦法嗎？」

「沒有。」

「你呢？」老闆問小熊妹妹。

「也還沒有。」

「完蛋了！」麵包店老闆把臉埋進手掌中。

「可是如果你多告訴我一點，告訴我國王他長什麼樣子，還有皇后喜歡什麼，也許我就會有辦法。」

「我只知道老國王記性不好，而且牙齒快掉光了，所以他不愛笑，而皇后她最喜歡看到國王的笑容了。」

「嗯……。」小熊妹妹手背在背後，走過來，又走過去。「有了！」

妹妹把她想到的計畫說給麵包店老闆聽。

老闆眼睛亮了起來，點點頭。

「真的行得通嗎？」小熊哥哥擔心的問。「這樣就能讓皇后選我們的蛋糕嗎？」

「別擔心，我還有祕密武器。」小熊妹妹眨眨眼，從背包裡拿出一個小盒子。

「這是什麼？」

「飛碟的遙控器。」

「什麼！飛碟還可以遙控？我怎麼不知道？」

「誰叫你都不看說明書。」

叮，妹妹一按鈕，遙控器亮了起來，接著就傳來吵得要死的聲音。

「我就知道你們不會拋棄我！」停在荒野中的飛碟很激動。「你們人在何方？」

「我們在城裡，你快馬加鞭的飛來找我們吧！」小熊妹妹說。

「遵命！」

小熊妹妹又轉頭對小熊哥哥說：「你，快去廣場上把那位彈吉他的老爺爺找來！」

「遵命！」小熊哥哥轉身就跑。

「你，」小熊妹妹又轉頭對麵包店老闆說：「快去準備木箱子和麥克風！」

「遵命！」

三十分鐘後，一切都各就各位……。

「皇后駕到！」門外響起號角聲。

麵包店老闆趕緊把蛋糕推出去。

街道上皇后下巴抬得高高的，看看蛋糕，看看麵包店老闆，然後對旁邊的侍衛點點頭。

「你們可以開始介紹這個蛋糕了！」侍衛隊長宣布。

小熊妹妹踩上木箱，拿起遙控器，小聲對飛碟說。

「請投射探照燈。」

「要什麼效果的燈光？」

停在小熊正上方的飛碟回答。

「請說出有『光』的成語。」

「星光燦爛。」

於是飛碟從肚子撒下點點的星光，一邊慢慢旋轉。

皇后和大家一起抬頭，發出小聲的驚嘆。

小熊妹妹對老爺爺微微一笑，老爺爺拿起吉他。廣場唱過的那首歌的旋律再度出現，只是歌詞不一樣了。

小熊妹妹拿起麥克風，唱出她專為眼前這個大蛋糕寫的新歌詞：

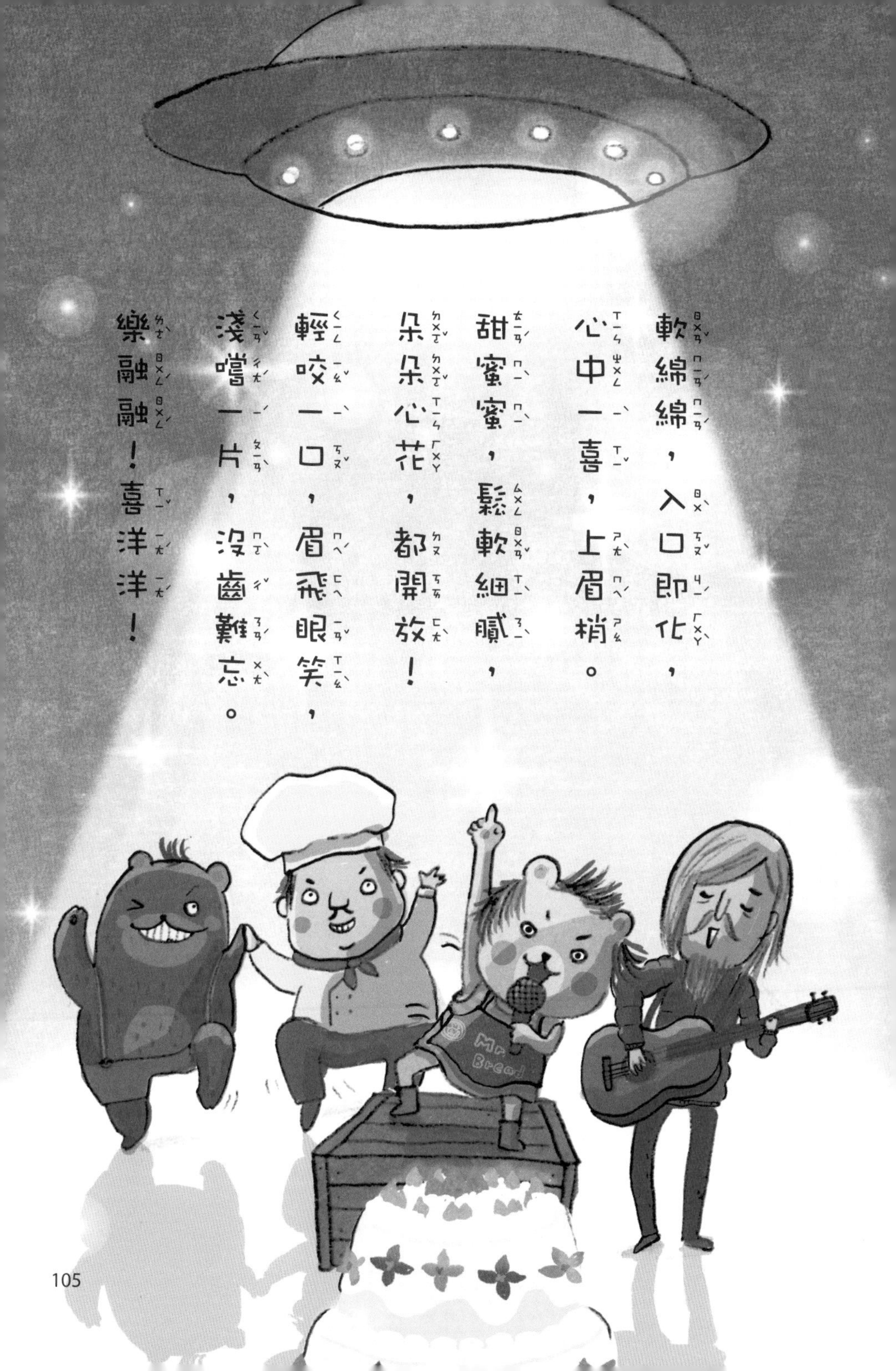

軟綿綿，入口即化，
心中一喜，上眉梢。
甜蜜蜜，鬆軟細膩，
朵朵心花，都開放！
輕咬一口，眉飛眼笑，
淺嚐一片，沒齒難忘。
樂融融！喜洋洋！

「光芒萬丈！」小熊妹妹對著飛碟喊。

飛碟投射出一道光束，照亮那個美麗的大蛋糕。

「哇！」大家看著蛋糕上明亮動人的雪白奶油，都傻了。

「這蛋糕叫什麼名字？」皇后問。

麵包店老闆趕緊單膝跪下。「報告皇后，叫做『沒齒難忘』。」

皇后心中浮現沒牙齒的國王吃蛋糕的逗趣畫面，忍不住笑出來。

「就是它了。」皇后轉身就走，留下一句話給麵包店老闆。「明天一早送30個蛋糕進宮來。」

小熊兄妹和麵包店老闆看著皇后走遠，然後你看看我，我看看你。

「萬歲！」他們一起跳起來。「成功了！」

「明天我烘好蛋糕送進宮裡，拿到錢，就把酬勞付給你們！」老闆高興得眼眶都紅了。

「太好了！」小熊兄妹也好高興。

那天晚上，他們和咖哩一起窩在街角過夜。

第二天早上，小熊兄妹興高采烈跑回麵包店。

「早。」老闆趴在櫃臺上，一副愁眉苦臉的樣子。

「怎麼了？蛋糕送進宮裡了嗎？」

「送了。」

「皇后付錢了嗎？」

「付了。」老闆掏出3枚金幣，放在小熊妹妹手裡。

「謝謝你幫了我這麼大的忙。」

「那你為什麼不開心？」

「因為那30個蛋糕……，國王說很難吃，王子說很難吃，大臣說很難吃，大家都說很難吃……，現在蛋糕在皇宮裡堆積如山，大家都不知道要怎麼辦。」

「有那麼難吃嗎？」小熊妹妹問：「你到底在蛋糕裡加了什麼？」

「洋蔥、蝦米、甜不辣……。」

「天啊。」小熊妹妹摀住眼睛。「還真是令人沒齒難忘啊，我當初應該先試吃的。」

「那麼難吃，為什麼不倒掉算了？」小熊哥哥問。

「因為是皇后選的蛋糕，大家都不敢丟掉啊，一次丟掉30個蛋糕，一定會被皇后發現的。國王還說，如果

有人能去替他們把蛋糕全部吃掉，賞金30枚金幣！」

麵包店老闆趴在櫃臺上哭了。

「30枚金幣耶，我做了那麼多蛋糕，也才賺到10枚金幣。」他搥著桌子說。

小熊哥哥卻笑了。

「哈哈，終於有我可以做的工作了。」小熊哥哥對妹妹眨眨眼。「你覺得國王除了給我30個蛋糕以外，會不會願意送我一桶果醬？」

$
Mr Bread

Apple Jam
Happy Birthday
Strawb
JAM

6. 新開張的點子屋

三天後的清晨，陽光在街道上閃爍著……。

街邊一棟可愛的小屋子，木門嘎吱一聲被推開。

一隻可愛的小熊從門口走出來，伸伸懶腰。

「早安！小熊妹妹！」送報生騎著腳踏車向她揮手。

「早！」小熊妹妹也揮揮手。

「早安啊！咖哩！」送報生又揮手喊。

小熊妹妹回頭。

一隻毛茸茸的大狗從屋子裡走出來。

天下派報

「嗨，咖哩！早！」

「早。」咖哩搖搖尾巴，打了個大呵欠。「我出門了。」

「這麼早出門？」

「嗯，我怕主人回來找不到我。」

「好吧，那晚上見！」小熊兄妹看著大狗搖搖擺擺向著他平常等主人的街角走去。

「啊，對了！」大狗好像想起什麼事似的，又走回小熊妹妹身邊。「我有一件事想跟你說清楚。」

「喔？好，說吧！」

「我很謝謝你讓我和你們住在一起，但這並不表示你們是我的主人喔！」

「當然！」小熊妹妹笑了。「你的主人一定會回來的，我們會陪你等他。」

「你們真的要陪我等下去嗎？」

「反正我們小熊星球現在放暑假，我們回去也沒別的事做。」這是小熊哥哥的聲音。

妹妹和咖哩回頭。

小熊哥哥站在門口揉著愛睏的眼睛。

「我看你其實是愛上這個星球的食物，捨不得回去了吧？」妹妹笑著說。

「隨你怎麼說。」哥哥也笑了。

「拜拜！」咖哩又慢慢走去街角等主人了。

叭！叭！

一輛小貨車停在門口。

年輕木匠從車上跳了下來。

「小熊妹妹，你要的東西送來了！」

「哥，快出來幫忙！」

「不行，我還走不動。」小熊哥哥挺著一顆圓滾滾的大肚子說。「那天實在吃太多蛋糕了。」

「你真的把蛋糕吃完了？」木匠驚訝的問。

「輕而易舉。」

「不是很難吃嗎？」

「不會啊，味道還不錯。」

「對他來說世界上沒有難吃的東西。」小熊妹妹和木匠一起合力把一塊大木板搬下貨車。

「靠左邊一點，再左一點，」小熊妹妹指揮木匠把木板釘上屋簷。「好，上面一點，啊歪了，下來一點，好，就這樣！不要動，OK！成功了！」

小熊哥哥、小熊妹妹、年輕木匠，還有附近的鄰居都一起圍過來，站在小屋前，看著那塊寫著「小熊兄妹點子屋」的嶄新招牌，在陽光下閃閃發光。

小熊兄妹
welcome
點子屋

這時候，在宇宙的另一邊……

鈴……，鈴……。

剛去附近星球發完「尋熊啟事」回家的小熊爸爸，一進門就接到電話。

「小熊爸爸嗎？」話筒裡的聲音說：「您好，我是好學生飛碟。」

「你把我的孩子載到哪裡去了啊？」爸爸大叫。「害我們急得要命你知不知道？」

「伯父請放心，因為一點小意外，我們迫降在一個叫做『地球』的星球上，一切平安，兄妹倆現在還開了一家幫地球人想點子、解決難題的店，一時忙不過來，所以叫我先打電話

跟伯父伯母報平安，暑假結束，他們就會回家了。」

「什麼？開店？他才10歲！」爸爸大叫。

「是小熊妹妹開的。」

「喔，妹妹呀，那還說得過去。」爸爸擦擦汗。

「可是萬一發生什麼……。」

「他們已經賺了33枚金幣了。」

爸爸張大了眼睛，看著窗外。

「過完暑假才回來是嗎？」他問。

「是，伯父。」

「出去磨練磨練對年輕人也是好的。」

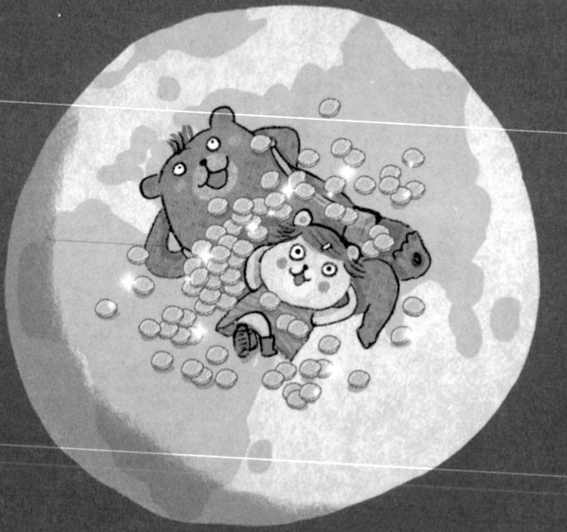

「是，伯父。」

「好吧，叫他們小心一點。」爸爸說：「下次自己打電話回來！」

「是，伯父。」

掛了電話，小熊爸爸對廚房喊：「孩子的媽，我們今晚出去吃大餐！」

媽媽從廚房走出來。

「可是我們印傳單已經花了好多錢……。」

「別擔心，」爸爸在媽媽額頭親一下。「我們家有個天才妹妹，什麼都不用擔心。」

作者的話

小時候，禮拜天，中午吃水餃，扭開收音機，就會剛好聽到「相聲集錦」的節目，接下來我們全家就會在餐桌上笑得東倒西歪。

相聲真的很好笑。雖然那時候我還很小，常常聽不懂他們在說什麼，尤其是裡面很多詩詞、成語、對聯、順口溜兒、數來寶……，但就算聽得一知半解，還是覺得好玩又好笑，因為說相聲的魏龍豪和吳兆南把它們都編成滑稽的「文字遊戲」。

所以現在我寫故事的時候，總是會忍不住寫一些「文字遊戲」進去，倒不是真的想要「增加教育意義」，只是覺得這樣很好玩，希望逗讀者開心。

會寫這本書是因為「字的童話」系列裡有一篇故事：「小熊兄妹的快樂旅行」，水腦幫這篇故事畫的小熊和飛碟超可愛的，讓我想多寫一點小熊的故事，看看她「還能畫得多可愛」。謝謝她，畫得比我想像的還美。也謝謝編輯大人雅妮，我們合作得非常愉快。

謝謝我太太給我這麼多寫作靈感，有時候我覺得她就像那天才小熊妹妹一樣聰明，而我就像小熊哥哥一樣的……，呃……，佩服她。

好，現在我想再玩一次故事裡的「填歌詞」遊戲，也想玩玩看的讀者，請在後面的歌詞空格裡，填填看。能押韻的話最好。

你先填？

□□□，□□□□
□□□□，□□□
□□□，□□□□
□□□□，□□□
□□□□，□□□□
□□□□，□□□□
□□□，□□□

然後，換我填：

點子屋，全新開張，
希望大家，還喜歡。
點子屋，今天開幕，
希望大家，都來玩！
歡迎光臨，各位貴賓，
祝福大家，歡喜開心，
包括我，包括您！

繪者的話

第一次與小熊兄妹見面，就是哲也所說「字的童話」系列那篇「小熊兄妹的快樂旅行」。

（當時連筆名都還沒取，用的是本名。）

說來那應該算是水腦初試啼聲之作。

不知什麼叫「初試啼聲」的小朋友，就是圖上這樣。（咦？）

當時雖然還不知道自己有沒有本事畫，但光看故事就覺得樂不可支。

（不正經的人都喜歡不正經的故事。）

於是，「捨我其誰」的使命感從心底油然而生。

（混在【字的童話】眾知名插畫家裡的生手水腦，沒想太多的畫下去了。）

後來又與哲也繼續合作了小火龍系列。

（咦，這次要獨當一面了嗎？）

直至今年，小火龍已經堂堂邁入第六本。（而且還由後來出場的妹妹取代了小火龍的主角地位）

（沒想到賣這麼好，真是沾哲也的光～）

總算慢慢覺得「嗯，畫這個我可以！」，偶爾也會拿出多年前的「小熊兄妹」出來回味「剛出道新人時期」的青澀。

（其實當年也畫得很認真，只是人總是會成長的嘛。）

幸好事隔多年，哲也再度提筆寫下「小熊兄妹」新的篇章。

故事依然美好動人……

看這位作家的故事，笑到噴飯和滿心喜歡的感動，倒是數年如一日。

而我也終於有機會再一次好好畫這對來自外星球的可愛小熊兄妹，用畫筆一起經歷他們闖蕩地球的種種傻氣與冒險。

小時候除了塗塗畫畫，也很喜歡文字遊戲。學到了新成語就很愛用，說是個老氣橫秋、愛濫用成語的小孩也不為過。用錯了都不知道，還被媽媽笑，說我哪裡學來的，哈哈哈。

如果小熊兄妹系列是我兒時就有的書，想必愛不釋手成天學著小熊妹吟詩作對吧。（當然現在擁有也絕對不遲！）希望你們跟我一樣喜歡這個新系列！

閱讀123